M

Papel certificado por el Forest Stewardship Council®

MIXTO
Papel procedente de
fuentes responsables
FSC® C117695

Penguin
Random House
Grupo Editorial

Primera edición: marzo de 2021

© 2021, Amèlia Mora, por el texto
© 2021, Penguin Random House Grupo Editorial, S. A. U.
Travessera de Gràcia, 47-49. 08021 Barcelona
© 2021, Ana Cristina Sánchez, por las ilustraciones

Printed in Spain – Impreso en España

ISBN: 978-84-18057-71-7
Depósito legal: B-576-2021

Compuesto en M. I. Maquetación, S. L.

Impreso en Limpergraf
Barberà del Vallès (Barcelona)

GT 5 7 7 1 7

MAGOS EN EL COLEGIO

TEXTO DE
AMÈLIA
MORA

ILUSTRACIONES DE
ANA C.
SÁNCHEZ

montena

Los trillizos Tanaka

Naoko

Su nombre
significa
«honesto» y
«obediente»:
¡puedes confiar
en él y en su
supercerebro!

Hiro

Es la abreviación
de Hiroyuki,
«alegre» y «feliz».
En su mundo
no hay
preocupaciones,
¡solo risas!

Akira

Su nombre
significa «luz»,
«brillante»...
¡Y su carácter
es como el
de un rayo!

Capítulo 1
Una idea magnífica

Este soy yo, Hiro.

Aunque lo parezca, no estoy escapando de un monstruo de siete cabezas.

Ni de un dinosaurio hambriento. Ni de un extraterrestre invasor con tentáculos y cara de mosquito. Huyo de algo muchísimo más terrorífico.

Huyo de...

... **ELLA**.

Os presento a Akira, mi hermana mayor.
Bueno, es mayor solo por diez minutos: es
mi trilliza. Naoko llegó el segundo, y yo, el
tercero. Digamos que lo de llegar tarde ya me
viene de lejos... Y también vienen de lejos los
enfados épicos de Akira.

Tengo que confesar algo: siempre que oigo la palabra «examen» me preocupo. Sobre todo si no sé de qué examen hablan... Y, para variar, Akira se aprovecha de mi preocupación por el examen para vengarse con un conjuro. **¡Es tan típico de ella!**

Sí: Akira, Naoko y yo somos magos. Eso significa que tenemos poderes. Podemos hacer desaparecer objetos pequeños, encender el televisor sin levantarnos del sofá, convertir un sapo en una mariposa… Y también tirarnos la leche por encima con un simple conjuro.

¡AY!

Papá también es mago. Mamá no, aunque es tan lista que a veces parece que tenga poderes. Papá siempre nos dice que antes había muchos más magos, pero ahora quedamos muy poquitos. Por eso tenemos que preservar la magia y, sobre todo..., no hacer magia para cualquier cosa, porque eso nos podría traer **PROBLEMAS.**

¡¡¡Pero esta vez ha sido culpa de Akira!!!

LA LISTA DE NORMAS SOBRE LA MAGIA ES MUY CLARA.

NORMAS SOBRE LA MAGIA PARA HIRO, AKIRA Y NAOKO

1. Solo podéis hacer magia bajo la supervisión de papá.

2. Solo podéis hacer magia en casa (bajo la supervisión de papá).

3. No podéis hacer magia en la calle.

4. No podéis hacer magia en la escuela.

5. No podéis hacer magia en casa de vuestros amigos.

6. No podéis hacer magia en el supermercado.

...

1996. No podéis hacer magia en la pastelería del señor Kishaba.

1997. No podéis hacer magia en las alcantarillas.

Por si no ha quedado claro: solo podemos hacer magia en casa bajo la supervisión de papá... **EN TEORÍA.**

¡La práctica es muy diferente!

Papá y mamá llevan mucho tiempo intentando que vayamos a la escuela para magos que hay en la ciudad. Dicen que allí nos enseñarán a controlar mejor nuestros poderes y todas esas cosas, pero nosotros **NO QUEREMOS IR**. ¿Por qué? Muy sencillo:

1. Nuestra mejor amiga, Maru, no es maga. ¡Sería **FATAL** separarnos de ella!

2. ¿Qué gracia tiene aprender conjuros para que siempre salgan bien? ¡Sería el fin de la diversión!

¿Cómo? ¿Estudiar? ¡Pero si hoy es domingo! ¿A quién se le ocurre estudiar en fin de semana? Además, ¡hoy echan por la tele un maratón dc *Las aventuras del intrépido Mr. Ku Lo*! ¿Cómo voy a perderme los últimos capítulos de la serie?

Pero tampoco quiero suspender el examen... Porque eso significaría volver a hacerlo y, encima, que mamá me lance el peor conjuro no mágico que existe: un conjuro horrible llamado **CASTIGO**.

¿Mr. Ku Lo o el examen?

Difícil decisión...

Pero...

¡¡¡TENGO UNA IDEA!!!

Capítulo 2
¿Soy un pro o soy un pro?

¡Ya es lunes! Ayer me pude pasar la tarde viendo el maratón de *Las aventuras del intrépido Mr. Ku Lo.* Y todo gracias a mi idea para aprobar el examen de mates. Para llevarla a cabo, necesitaré usar un poquitín de magia. Un poquiiiiiito de nada, en serio. ¡Nadie se va a enterar de que la uso! Solo tengo que comportarme con total normalidad y todo saldrá bien.

No será difícil porque soy muy bueno disimulando. ¿Soy un pro o soy un pro?

¿Lo veis? De buena mañana todo va bien. Nos reencontramos con Maru y parece que a Naoko se le derrite el cerebro. Gina nos mira mal, como siempre, y Akira aún está enfadada por los cereales... ¿Qué hay más normal? **¡TODO VA BIEN!**

HO... LA... MA... MA... MA... RU...

BUENOS DÍAS, HIRO.

Maru es la mejor amiga de la historia mundial

Gina odia a todos los magos, especialmente a los trillizos Tanaka

No puedo poner en marcha mi plan **GENIAL** hasta que se acaben las clases, así que tengo que disimular tooooodo el día. ¡Estoy a punto de explotar de impaciencia! Pero todo va bien. Suerte que soy muy bueno disimulando. **¿Soy un pro o soy un pro?**

Bueno, todo va bien hasta que aparece la pesada de Gina. Es nuestra vecina y, además, es la hija del director de la escuela. Parece que cada mañana, al levantarse, se coma un limón. Está siempre de un mal humor...
Y encima nos tiene una maníííííííía... Cada día, **CADA DÍA**, nos acusa de estar a punto de hacer magia. Bueno, hoy tiene razón, ¡pero eso no se lo voy a contar, claro!

A Gina le falta tiempo para recordarme **TODOS** los motivos por los que nos odia: que si una vez le cambiamos la cabeza por la de un cerdo, que si otra vez le pusimos pies de pato y manos de cangrejo, que si tiene el cabello blanco por culpa mía...

Vale, es cierto que todas esas cosas han pasado, pero ¡porque Gina siempre se entromete en nuestros asuntos! Si nos dejara tranquilos... Lo que pasa es que es una envidiosa.

¡Qué pesada, qué pesaaaada es Gina, de verdad! Pero al fin consigo que me deje en paz y puedo quedarme solo. Ha llegado el momento de poner en marcha mi plan **GENIAL**.

Todavía no os he contado en qué consiste, ¿verdad? Ya lo veréis, es espectacular. Eso sí, el problema de la magia es que los hechizos solo tienen efecto si recitas frases que rimen, y eso no es tan fácil... ¡Me tocará exprimirme el cerebro!

Y... ¡TACHÁÁÁN! ¡Me hago invisible al instante!

Capítulo 3
Glups...
¡Problemas!

OH, OH. Problemas a la vista: yo me he hecho invisible... pero ¡mi ropa no! ¡Glups!

Para que mi plan funcione, nadie puede verme, y eso significa una cosa: ¡tengo que quitarme la ropa! Pero... ¿ir **DESNUDO** por la escuela? ¡Solo de pensarlo me parto de risa!

Sin embargo, en cuanto toco la ropa para quitármela, también se hace invisible. Es una pena, al final no iré desnudo por la escuela, pero ¡ya puedo seguir adelante con mi plan para aprobar el examen!

Creo que por el camino aprovecharé mi invisibilidad para gastar alguna que otra bromita...

Ahora sí, ha llegado el momento de que os cuente mi plan **GENIAL** para aprobar el examen. Atentos:

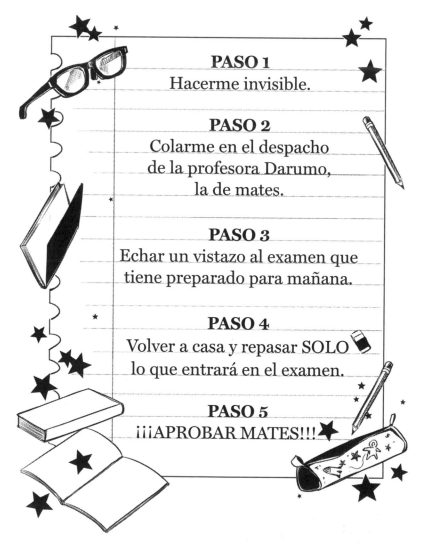

PASO 1
Hacerme invisible.

PASO 2
Colarme en el despacho
de la profesora Darumo,
la de mates.

PASO 3
Echar un vistazo al examen que
tiene preparado para mañana.

PASO 4
Volver a casa y repasar SOLO
lo que entrará en el examen.

PASO 5
¡¡¡APROBAR MATES!!!

¡Os lo he dicho, es la mejor idea de la historia! ¿Queda muy mal que me llame genio a mí mismo? Puede que sí, pero ¡la idea es estupenda! Y lo mejor de todo es que... ¡a partir de ahora podré hacerlo para cualquier asignatura! Estudiar **SOLO** lo que entrará en el examen hará que tenga tiempo para hacer cosas mucho más importantes, como, por ejemplo, volver a ver todas las temporadas de *Las aventuras del intrépido Mr. Ku Lo*.

Al fin, la profesora Darumo sale de su despacho...

¡HA LLEGADO EL MOMENTO DE PASAR A LA ACCIÓN!

La profesora Darumo. Es maja, pero tiene un defecto importante: ¡LE ENCANTA PONERNOS EXÁMENES!

En cuanto la profe Darumo se ha ido, me imagino que soy el superhéroe más silencioso del mundo y me cuelo en su despacho. Y no puedo creerme la suerte que tengo: ¡el examen está ahí mismo, encima del escritorio! **¡Esta misión está siendo PAN COMIDO!**

Emocionado, cojo el papel para leerlo. Pero entonces sucede algo que no había previsto... ¡Desaparece!

Eh... Repasando mi plan, está claro: esto **NO** tenía que pasar.

Es un poco extraño. Vale, tenéis razón: en realidad, es **MUY EXTRAÑO**. Me pregunto si todo lo que toque ahora se hará invisible... Al fin y al cabo, también ha pasado con mi ropa, ¿no?

Decido tocar una o dos cosas más que hay en el despacho para comprobarlo.

Bueno, creo que al final toco alguna más, pero lo verdaderamente importante ahora es que descubro que sí, ¡**QUE TODO LO QUE TOCO SE VUELVE INVISIBLE!**

¡Menudo problemón! ¡Y ni siquiera me ha dado tiempo de leer el examen!

Vaya, este plan no está saliendo como esperaba.

¡GLUPS!

Creo que ha llegado el momento de deshacer el conjuro. Si la profesora Darumo regresa a su despacho y descubre que el examen y un par de cosillas más (ah, y la puerta) han desaparecido, ¡me meteré en un buen lío!

La profesora se lo contará al director, el director se lo contará a mamá y papá, mamá y papá me castigarán y nos enviarán a los tres a la escuela para magos... Akira se enfadará lo nunca visto... Ya habéis visto cómo se pone por los cereales, ¡imaginaos cómo se pondrá por esto! Sería capaz de convertirme en un perro con cabeza de mono narigudo.

Definitivamente, tengo que deshacer el hechizo lo antes posible.

COMO YA NO QUIERO SER INVISIBLE... EEEEEEH... EN ESTE MOMENTO...

... YO Y TODAS ESTAS COSAS VOLVEREMOS A SER VISIBLES... Y... MMM... ¡NO QUIERO OÍR NI UN SOLO LAMENTO!

Nada. No pasa... nada. ¡Sigo siendo invisible! Y todo lo demás, incluido el examen, ¡también!

Tal vez el conjuro no está bien dicho. Al fin y al cabo, soy un pro pero no tengo la habilidad de Naoko... Pero vuelvo a intentarlo y **NADA**. ¡No funciona!

Lo intento con cinco o seis hechizos más. En serio, creo que no había pensado tanto en toda mi vida y acabo con un dolor de cabeza tremendo. Y encima no me sirve para nada, **¡PORQUE NINGÚN HECHIZO FUNCIONA!**

Capítulo 4
¡Un monstruo!

Sé que en algún momento de mi vida he dicho que es divertido que los conjuros no salgan bien, ¡pero ahora mismo ya no pienso igual! Básicamente porque si mis padres se enteran será la excusa definitiva para mandarnos a la escuela para magos... **¡Y eso sería EL FIN!**

Necesito ayuda **URGENTEMENTE**. Pedírsela a papá y mamá no parece muy buena idea que digamos... Así que la única opción que me queda son Naoko y Akira, porque, aunque Akira se enfadará incluso más que papá y mamá juntos, jamás dejaría que nos cambien de cole.

 ¡Tengo que encontrar a mis hermanos **YA**! Pero el problema es que las clases ya han terminado y seguramente van camino de casa. **¡QUÉ DESASTRE!**

 Solo hay una manera de alcanzarlos... **¡A CORRER!**

Al fin, veo a Akira y Naoko. Están al otro lado del parque..., ¡que está justo antes de llegar a casa! Tengo que impedir que lleguen antes de que hablemos o estoy perdido.

Corro como nunca he corrido para alcanzarlos antes de que sea demasiado tarde, sin permitir que nada se interponga entre ellos y yo... Aunque se han puesto en mi camino unos arbustos que he tenido que atravesar sin mirar atrás. ¡No hay tiempo para rodearlos!

Yo no pretendía asustar a mis hermanos, pero parece que es lo que he hecho, porque los dos echan a correr con cara de **MIEDO TOTAL**.

Ahora que me veo, transparente y cubierto de hojas, ¡no me extraña que se hayan asustado! Si no estuviera metido en un problema **ENORME** me partiría de risa, pero ahora no tengo tiempo... ¡Tengo que hablar con ellos!

Cuando empiezo a pensar en lanzar un conjuro para detenerlos, decido hacer algo que no implique hacer magia... No me puedo permitir liarla aún más. Así que les intento explicar que soy yo.

Empiezo a contarles lo sucedido, pero no puedo darles muchos detalles porque Akira se pone como... ¡como un ogro rabioso! Eso es un problema, porque cuando se pone así, no hay quien la pare. ¡Ni siquiera ser invisible me salva de sus garras!

¡POR CULPA TUYA NOS ENVIARÁN A LA ESCUELA PARA MAGOS!

¡CUIDADO, AKIRA! ¡TODO LO QUE TOCO SE VUELVE INVISIBLE!

ERES UN DESASTRE, HIRO. Y TODO POR NO TENER QUE ESTUDIAR PARA EL EXAMEN...

¡LA IDEA ERA BUENA! ¡HA SIDO UN ACCIDENTE!

Naoko tiene que apartar a Akira de encima de mí. ¡No sé qué haría si, en vez de trillizos, fuésemos solo Akira y yo! No habría magia capaz de salvarme.

Pero lo importante ahora es que para salvarnos del **LÍO MÁGICO** que he creado (sin querer) necesitamos **MAGIA**. Cuando mi hermana por fin se tranquiliza, ella y Naoko también intentan deshacer el conjuro.

EL TONTO DE MI HERMANO TIENE QUE VOLVER A SER VISIBLE, POR ESO LE ECHAMOS UNA MANO PARA VER SU CARA HORRIBLE.

Lo adivináis, ¿no? **¡TAMPOCO FUNCIONA!** Lo intentan durante un buen rato y Akira aprovecha sus conjuros para llamarme feo, pedorro y caramoco. Y total, al final, **¡PARA NADA! ¡MENUDO PROBLEMÓN TENEMOS!**

YA NO PODRÉ JUGAR A LA CONSOLA, EN CUANTO TOQUE EL MANDO SE HARÁ INVISIBLE...

ES UN FRACASO AL CIEN POR CIEN. HAY ALGO QUE SE NOS ESCAPA...

OLVÍDATE DE LOS NÚMEROS, NAOKO.

NECESITAMOS EL *GRAN LIBRO DE LA MAGIA* DE PAPÁ. TENEMOS QUE PONER EN MARCHA UN PLAN HERMAGOS.

PLAN HERMAGOS

¡UN PLAN DE HERMANOS MAGOS!

Capítulo 5
El PLAN HERMAGOS: parte 1

¡El *Gran libro de la magia*! Hasta ahora, papá solo nos ha dejado verlo un par de veces... y de lejos.

Para hacer magia de nivel básico puedes inventarte los conjuros siempre que rimen, pero la magia superior tiene unos hechizos concretos con unas palabras concretas para que tengan un efecto concreto... ¡y no provocar el caos, como he hecho yo!

El problema es que papá guarda el *Gran libro de la magia* en su mesita de noche y tenemos completamente prohibido cogerlo. Por lo tanto, nuestro **PLAN HERMAGOS** tiene que ser perfecto. La primera parte del plan consiste en evitar que papá y mamá se enteren de que soy invisible.

PASO 1: ENTRAR EN CASA SIN SER VISTOS

DE LAS 157 VECES QUE HEMOS INTENTADO QUE NO SE DEN CUENTA DE QUE ENTRAMOS EN CASA, JAMÁS LO HEMOS LOGRADO...

¡ESTA VEZ LO CONSEGUIREMOS!

Como entrar por la puerta de casa es peligroso porque podría tocar sin querer a mamá o a papá y podrían sospechar algo, al final tengo que entrar por la ventana abierta del salón. Pero, como no puedo apoyar las manos para que no se vuelva invisible, digamos que aterrizo… ¡con la **CABEZA!**

¡Ay!

Por lo menos, ya estamos todos en casa, lo que significa que ahora podemos pasar al segundo paso del plan. Naoko tiene la teoría de que si me pongo guantes podré tocar las cosas sin volverlas invisibles.

PASO 2: AVERIGUAR HASTA DÓNDE LLEGA EL PODER DE HACER INVISIBLES LAS COSAS

Los guantes se han vuelto invisibles, ¡pero ahora puedo tocar cualquier cosa sin hacerla desaparecer!

¡ES CIERTO, FUNCIONA!

¿TE HAS VUELTO LOCO? ¡PRUÉBALO CON UN OBJETO PEQUEÑO!

PASO 2: ¡ÉXITO!

El siguiente paso, claro, es evitar que papá
y mamá descubran que soy invisible.

PASO 3: MOVERME POR CASA
SIN SER DESCUBIERTO

Para que no vean que soy invisible, lo
mejor directamente es que... ¡no me vean!
Iré tan cubierto de ropa que no se darán
cuenta de que no hay un cuerpo visible debajo.

Cuando llega la hora de cenar estoy muerto de hambre, como cada noche, pero Akira y Naoko me prohíben bajar a cenar. ¡Qué fuerte, con el **HAMBRE** que tengo! Pero dicen que es imposible que coma sin que papá y mamá se den cuenta de que soy invisible.

En realidad, supongo que tienen razón, así que me quedo en mi habitación.

Me pregunto si los demás podrían ver la comida mientras la mastico y la trago... ¡Es asqueroso, me encantaría probarlo!

PASO 4:
NO BAJAR
A CENAR

¡¿Os lo podéis creer?! ¡Mi padre ha preparado tonkatsu y yo no puedo bajar a comerlo! ¡Esto sí que es una desgracia! ¡Una desgracia **MONUMENTAL**!

Y, encima, mientras estoy en la cama, empieza a llegarme el olor de la chuleta de cerdo frita, la salsa, la sopa de miso... Me cubro la nariz con todo lo que encuentro para no oler nada y resistir. ¡Pero sigo oliéndolo! ¡Es **INSOPORTABLE**!

Un momento...

¡¡¡TENGO UNA IDEA!!!

Prometo que me he resistido todo lo que he podido a ese delicioso olor, pero es más fuerte que yo. ¡Tengo mucha hambre y necesito comer **YA**! Estoy seguro de que si me pongo una máscara para comer... ¡nadie se va a dar cuenta de que soy invisible! ¿Qué podría salir mal?

Capítulo 6
El PLAN HERMAGOS: parte 2

No me puedo creer la suerte que hemos tenido. ¡Papá y mamá se han creído la excusa de la fiebre y siguen sin sospechar que soy invisible! Y, encima, he podido comer cerdo frito (aunque fuese del suelo).

Ha llegado el momento de poner en marcha la segunda parte del **PLAN HERMAGOS**.

Es la más difícil y la más emocionante: ¡conseguir el *Gran libro de la magia* de papá!

En el próximo paso de nuestro plan, es Naoko quien tiene que entrar en acción. Al fin y al cabo, ¿quién podría evitar dormirse cuando empieza con sus explicaciones de cerebrito?

Ahora que Naoko ha cumplido con su parte, me toca a mí entrar en acción. Aprovechando que soy invisible, me colaré en la habitación de papá y mamá mientras duermen para coger el libro. Así, si abren los ojos, ¡no me verán! Al menos esto de ser invisible tiene alguna ventaja.

PASO 6: CONSEGUIR
EL *GRAN LIBRO DE LA MAGIA*

TIENES QUE SER MUY SILENCIOSO.

ZZZZZZ...

TRANQUILA, SOY DISCRETO Y SIGILOSO COMO UNA GACELA.

Entro en la habitación de mamá y papá. Me muevo muy lentamente, imaginando que peso menos que el aire y que soy silencioso como un fantasma sin pies... Soy como la pluma de un pájaro, o mejor, soy como una nube... Como niebla...

Estoy a solo dos pasos de abrir el cajón...
Pero entonces sucede un imprevisto **FATAL**.
¡La lámpara de la mesita de noche se cruza en
mi camino! ¡Yo creo que se ha movido sola
solo para fastidiarme!

Menudo CAOS. Papá y mamá se levantan gritando. Nosotros tres corremos a nuestra habitación y llegamos justo a tiempo de meternos en la cama.

Akira y Naoko pueden fingir que se despiertan con los gritos, pero a mí me toca hacer ver que no me entero de nada... Por suerte, soy famoso por ser un pro de dormir como una marmota, así que papá y mamá no se extrañan. Pero el policía sí.

¿SEGURO QUE HA SIDO UN LADRÓN?

¡CLARO QUE SÍ! ¡UNA LÁMPARA NO SE CAE AL SUELO SOLA!

¿Y ESE BULTO QUÉ ES? ¿UN LADRÓN TAMBIÉN?

ES HIRO. TIENE EL SUEÑO MUY PROFUNDO...

PASO 6:
¡FRACASO ABSOLUTO!

Al cabo de un rato, los policías logran convencer a papá y mamá de que no ha entrado ningún ladrón en casa. Dicen que, seguramentc, papá ha golpeado la lámpara mientras dormía. Papá está muy extrañado, pero él y mamá se quedan mucho más tranquilos y, lo más importante: ¡vuelven a la cama!

En realidad, Naoko no llega a contarnos nada. Lo único que hace es agacharse y de debajo de su cama saca… ¡el *Gran libro de la magia*! **¡ESTAMOS SALVADOS!**

Capítulo 7
Solucionado...
o no

¡Qué emoción! Ya os he dicho que papá solo nos ha dejado ver el *Gran libro de la magia* un par de veces. Es un libro superespecial, por lo tanto, esta ocasión también lo es... Sobre todo, porque entre sus páginas está nuestra **SALVACIÓN**.

¡¡¡UUUAAAUUU!!!

No entiendo por qué papá nos deja verlo tan poco. Siempre dice que hoy en día hay muy pocos magos capaces de hacer los conjuros del libro porque hay que ser muy poderoso, y ya no hay magos tan poderosos. Entonces ¿cuál es el problema de que lo veamos?

Bueno, da igual, lo importante es que ahora tenemos en nuestras manos...

¡¡¡EL *GRAN LIBRO DE LA MAGIA*!!!

PASO 7: DESHACER EL CONJURO

Yo creía que nuestra intención era buscar un conjuro para volver las cosas visibles. Sin embargo, tanto Akira como Naoko opinan que es más seguro buscar el Conjuro para Deshacer Cualquier Conjuro. Papá nos ha hablado de él, pero nunca nos ha enseñado sus palabras. Dice que tiene «efectos secundarios», que no sé qué significa.

ESCUCHA BIEN, MAGIA ELECTRIZANTE: EL CONJURO DE INVISIBILIDAD DE HIRO DESHARÁS CON PREMURA, EN ESTE PRECISO INSTANTE, Y A TU CORRIENTE NATURAL REGRESARÁS.

QUÉ HECHIZO MÁS CURIOSO.

SIGO SIN VERME LAS MANOS. NI LOS PIES. ¿HA FUNCIONADO? YO CREO QUE NO HA FUNCIONADO.

PASO 7: ¡FRACASO!

Pues no, el Conjuro para Deshacer
Cualquier Conjuro del *Gran libro de la magia*
no funciona. ¡Estamos perdidos!

Parece que seré invisible para siempre.
¡DRAMA TOTAL! Incluso Akira se pone tan
triste como yo.

Y ahora encima Naoko quiere que recuerde el conjuro que he lanzado, ¡palabra por palabra! Ha pasado un **MONTÓN DE TIEMPO**, ¡¿cómo espera que lo recuerde?! Pero como no quiero que la gente se olvide de mí, me esfuerzo como nunca por intentar recordarlo. Al principio creo que no lo conseguiré, ¡pero al final lo logro! ¡Soy un pro!

Madre mía, si Akira tiene razón y el Conjuro para Deshacer Cualquier Conjuro no funciona... ¡Ni siquiera quiero pensar en ello! **¡TIENE QUE FUNCIONAR!**

Akira se encarga de devolver el *Gran libro de la magia* a su lugar. Me da rabia admitirlo, pero es mucho más hábil que yo: consigue hacerlo sin despertar ni a papá ni a mamá y sin romper ninguna lámpara.

Desgraciadamente, todavía nos queda por delante una tarea muy difícil: deshacer el conjuro en la escuela. ¿Y cómo vamos a convencer a todo el mundo de que debo ir completamente cubierto de ropa?

Por suerte, Akira no tarda en tener una idea. Y al día siguiente...

Capítulo 8
¡Gina, siempre Gina!

En la escuela, los profesores ponen una cara un poco rara cuando les contamos lo del sarpullido. Parece que no nos creen... De hecho, incluso llaman al director, ¡que intenta levantarme la manga de la chaqueta!

A mí solo se me ocurre hacer una cosa: me tiro al suelo chillando como un loco para fingir que cualquier roce me duele horrores. Es muy divertido, ¡y funciona!

Todos se convencen de que debo ir bien tapado. Eso sí, creo que hoy voy a sudar de lo lindo. ¡Debajo de toda esta ropa hace un calor **HORRIBLE**!

Pero el calor no es el único problema de
nuestro plan. Durante las dos primeras clases,
Gina no deja de mirarnos. Es como si se
hubiera puesto pegamento en los ojos para
no apartarlos de nosotros.

Y encima, cuando al fin llega la hora
del recreo, ¡nos sigue a todas partes!

Al final, durante el recreo no podemos
deshacer el conjuro por culpa de Gina.
¡Tiene que meter su pelo blanco en todo!
Y yo tengo un caloooooor... A este paso,
¡voy a derretirme! Empiezo a estar un poco
desesperado, la verdad.

Propongo a mis hermanos que hagamos
un conjuro a Gina: solo necesitamos que no
pueda moverse durante unos minutos,
lo justo para que mientras tanto podamos
deshacer el conjuro. O quizá podríamos
borrarle la memoria... Es una buena idea,
¿no? Sin embargo, Akira y Naoko no opinan
lo mismo.

Todavía no puedo creerme las cosas que
Akira y Naoko me han dicho en el recreo.
¡Naoko nunca me ha hablado así! Y Akira
ya ni siquiera estaba enfadada, solo parecía...
decepcionada. La verdad, me gusta más
cuando se enfada conmigo y me tira leche
por la cabeza...

Estoy tan preocupado que no me doy
cuenta de que empieza a pasar algo...

¡No la soporto!

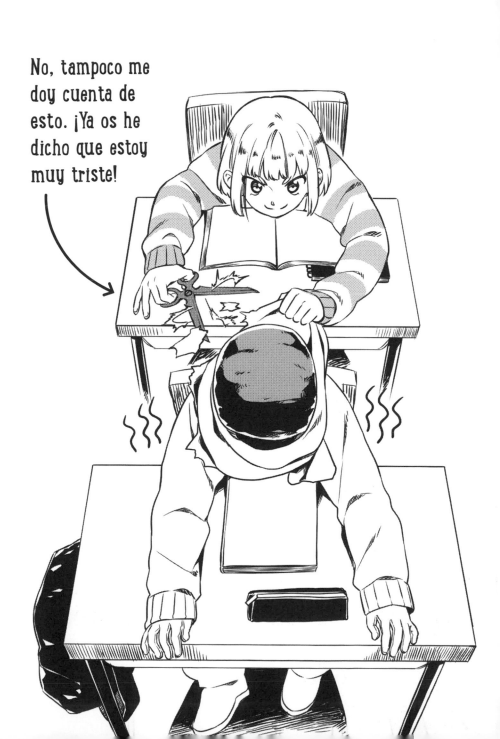

Al final, Gina lo consigue: **monta un DESASTRE MONUMENTAL.**

Si existieran unos premios al Mayor Desastre Montado en una Escuela, Gina se llevaría la medalla de oro, creedme.

Vale, puede que si yo no hubiera hecho el conjuro de invisibilidad nada de esto hubiera sucedido, ¡pero si Gina no se hubiera entrometido, tampoco!

Los gritos de Naoko y Akira me llaman la atención, pero ya es demasiado tarde. Gina consigue quitarme el pasamontañas. Yo estoy tan sorprendido que tardo un momento en darme cuenta de lo que sucede. Y Gina, veloz como un rayo, lo aprovecha: ¡también me quita un guante! Bueno, en realidad, se lleva dos: el guante que ve todo el mundo y el guante que llevo debajo y que evita que todo lo que toco se vuelva invisible.

Estoy preparado para oír los gritos de Gina al ver que soy invisible, pero... nada. ¡No dice nada! Se queda mirándome muy sorprendida. Y, con cara de curiosidad, estira la mano para tocarme.

Akira y Naoko intentan evitarlo, pero no llegan a tiempo. De hecho, agarran a Gina justo en el momento en que ella me toca la mano, y entonces...

¡INVISIBILIDAD EN CADENA!

Capítulo 9
Caos en el cole

Tenemos un problema gordo, muy gordo. Es horrible. Es terrible. ¡Es desastroso! **¡Es CATASTRÓFICO!**

Somos todos invisibles, los trillizos... ¡y **GINA**!

Lo único que tiene que hacer Gina es mantener un poco la calma. Pero, claro, estamos hablando de Gina. Las últimas personas a las que haría caso en el mundo somos los trillizos Tanaka.

Bueno, supongo que es normal que esté un poco asustada, pero de ahí a hacer lo siguiente...

¡Gina sale corriendo!

Y eso es muy pero que **MUY MALA IDEA**.

Voy a daros un consejo: si alguna vez, por el motivo que sea, os volvéis invisibles, no hagáis como Gina. No echéis a correr mientras gritáis como locos. Pueden pasar cosas terribles.

Gina corre tan rápido que, antes de que consigamos alcanzarla, tiene tiempo de ir por toda la escuela. Y en todas partes pasa lo mismo. Gente asustada, gente gritando, gente huyendo, gente desmayándose...
¡CAOS EN EL COLE!

Yo estoy muy orgulloso de mí mismo,
porque nunca había sido capaz de pensar
un conjuro tan rápido. Sin embargo, Naoko
y Akira no están tan contentos. Pienso que
están exagerando, hasta que veo lo que sucede
con un extintor que se ha caído al suelo...
¡No para de lanzar espuma!

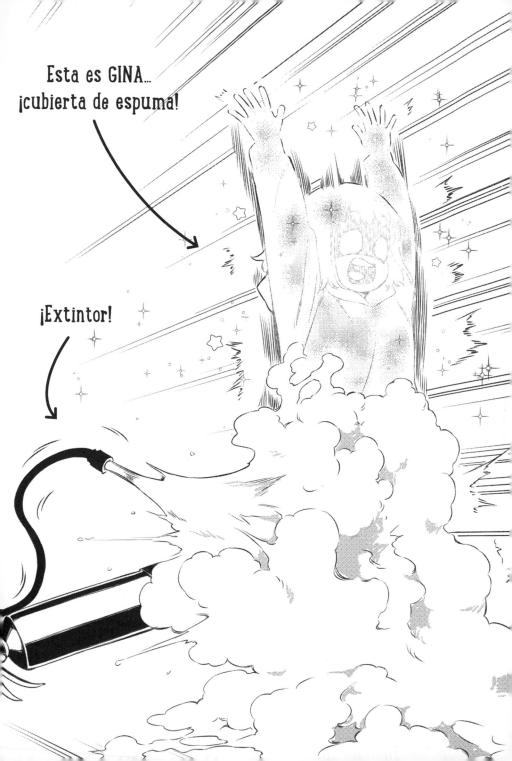

Si la voz de Gina gritando por la escuela
ha asustado a todo el mundo, ¿os podéis
imaginar qué pasa cuando ven un monstruo
de espuma en medio del pasillo? **¡CAOS
ABSOLUTO!**

Y cuando parece que las cosas no pueden ponerse peor..., se ponen peor: ¡el director de la escuela, el padre de Gina, llega en ese momento!

Capítulo 10
Salvados...
¡por poco!

Akira, Naoko y yo ya lo damos todo por
perdido, y entonces...

¿Os he contado que Maru es muy tímida pero que toca muy bien el violín? Es muy curioso, porque le cuesta muuucho salir a hablar delante de toda la clase, y sin embargo sí que es capaz de ponerse delante de un montón de gente a tocar el violín. ¡Y eso es lo que hace en ese momento! Con su música, todos se olvidan de nosotros... por un rato.

En cuanto llegamos al mismo lugar donde recité el conjuro de invisibilidad, Naoko se encarga de pronunciar el Conjuro para Deshacer Cualquier Conjuro del *Gran libro de la magia*.

En ese momento, descubrimos por qué papá nunca ha querido enseñarnos ese hechizo. Creo que ahora ya sé qué significa «efecto secundario».

Al parecer, cuando alguien recita este conjuro, le cae un rayo encima. Son cosas de la magia, a veces es muy rara. ¡Pero funciona! **¡VOLVEMOS A SER VISIBLES!**

Nosotros... ¡y Gina!

Desgraciadamente, la alegría nos dura poco, porque Akira enseguida deshace el conjuro que impedía a Gina moverse. Y antes de que podamos intentar convencerla de que nos guarde el secreto, echa a correr para contárselo todo a su padre..., es decir, al director de la escuela. ¿Acaso no podría haber sido hija de un carnicero o de un astronauta?

Por culpa suya tendremos que ir a la escuela para magos... **¡PUAJ!**

¿Os lo podéis creer? ¡El padre de Gina no la cree! Ella insiste varias veces, pero su padre no quiere ni escucharla y la castiga a limpiar toda la espuma del pasillo. Además, por culpa del Mayor Desastre Montado en una Escuela se cancelan el resto de clases del día (¡y también el examen de mates!).

Pero Akira y Naoko tienen razón: tengo que
echarle una mano a Gina. Y a mí me parece
que es lo justo. Gina me permite ayudarla,
es decir, que limpie yo mientras ella me mira.
¡Ni siquiera lo que ha pasado ha hecho que
deje de ser lo peor!

SÍ, PUEDE QUE GINA SE HAYA ENTROMETIDO, PERO ESTO ES CULPA TUYA, HIRO.

TIENES QUE IR A AYUDARLA... ¡SIN CONJUROS!

VAAALE...

Aaaaaaunque... ahora que estamos otra vez en casa y somos todos visibles, la verdad es que me queda algo más que confesar. Estoy bastante convencido de que Akira no se lo tomará demasiado bien...

¿Se lo cuento o no se lo cuento?

TRILLIZOS Y MAGOS:
¿QUÉ PUEDE SALIR MAL?

DESCÚBRELO EN